詩集

馬ぁ出せい

岡 隆夫

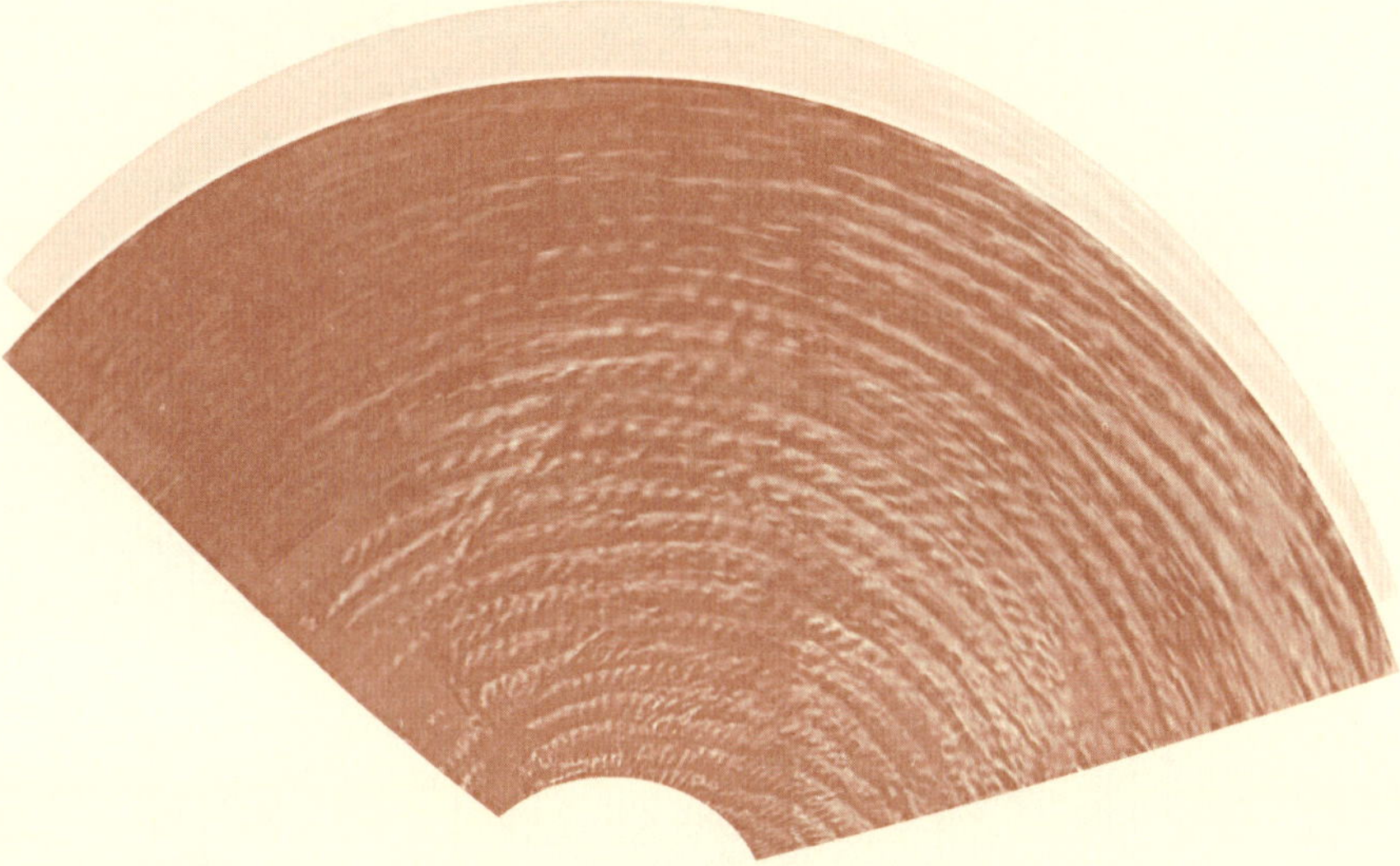

砂子屋書房

*目次

一　馬ぁ出せぃ

装本　倉本　修

詩集　馬ぁ出せぃ

一　馬ぁ出せぃ

馬ぁ出せぃ

「馬ぁ出せぃ　馬だ　鉄馬だ　この厩《うまや》なら五頭出せぃ！[*1]」
主は駿馬十頭ひきいて　裏木戸よりそっと消える
〈ご勘弁くだせぃ　兵隊《へいてい》さん　馬ぁ人より大事ですけぇ〉

「ほんなら　じゃがいも　南京　南京豆　出せぃ」
〈兵隊さん　そりゃぁ酷です　穀類芋類　命の糧です〉
「じゃ　豚ぁ出せぃ　豚だ　ブタ　親豚九匹出せぃ」

〈コムギ粉　砂糖　小豆なら　さし上げますけぇ
トウモロコシの粉　高粱《こうりゃん》の粉も　さし上げますけぇ

豚ぁご勘弁くだせぃ　豚ぁ真珠より　貴重ですけぇ〉

「おゝ　砂糖三十貫徴発でけた　在る所にゃ在るもんじゃ
コムギ粉ねって　善哉《ぜんざい》こせーたら　そりゃうまかった――
〈ヤイ　乳房出せぃ〉とは言わん　乳牛《ちちうし》三頭特牛《こってい》五頭出せぃ」

〈牛ゃぁ　田畑ぁ鋤かにゃいけんし　乳もくれますけぇ
代わりに　甘藍　干瓢　大根《でーこん》も　さし上げますけぇ
牛ゃぁ　ご勘弁くだせぃ　牛ゃぁ　あっしの魂ですけぇ〉

「つべこべ放《こ》くな　この頓馬　あひると鶏　百羽出せぃ
アヒルの卵と鶏卵五百個じゃ　出さんとみなゴロシじゃ
いつか天罰受けようが　今は神馬だ　神馬五頭出せぃ！」
〈ご勘弁くだせぃ　兵隊さん　おらが馬ぁ　龍神ですけぇ〉

＊1　英仏、十八、九世紀のこの詩型ヴィラネル *villanelle* は、各連3行、終連4行の、19行二韻詩。各連末は、第1行と第3行が交互にくりかえされる

姪の婚礼

「勝った　勝った　ロシアに勝った！」国中がわいた[*1]
中韓も　日本の歓呼に口を合わせ　無口な姪まで
にんまり嗤《わら》い　この卒寿の傭兵李純徳《イスンドク》もほっとした

父親同士が子女の相手を決め　姪は母の奥の間に蟄居し
母以外だれとも口を利かず　牛になって黙々とはたらき
年に一度の大行幸《ぎょうこう》は　塀の裂け目より垣間見る

姪の家では何代もインコを飼い　ときに売買もする
さる昼下がり　一メートルもの縞蛇が　籠に闖入

雛を丸呑みし　とぐろを巻いて雛を溶かす
溶かさないと　籤《ひご》が堅くて　籠の外には出られない
男は時に都より帰るが女に沙汰なく税が入ればまた都
浴びるほど呑んだくれては　両班《やんばん》への機をうかがう

男は頭の天辺を剃り　二本のお下げを左右にさげ
のこりの髪で髷《まげ》を結えば　ひとかどの人[*2]──
男は離縁できても女はできず　終生尼寺で洗濯女──

男は両家で三日三晩祝言を受ける　かくてこの習いは
五百年近くつづくが　ついに弊《つい》え　いつしか二万の
日本兵が街角ごとに銃をかまえ　いつ事が起きても
新たな法の下で　直ちに対処すべく　目を光らせる

＊1　日ロ戦争　1904〜05
＊2　時岡敬子訳、イザベラ・バード『朝鮮紀行』講談社、1998、2011

屍を跨ぎ――中国山東省滕縣一九三八年叔父常吉一〇九歳

路傍のいたるところ　無数の支那兵うち倒れ
滕縣《トンシェン》は二重の城壁なれば　砲火をあび全市火の海
死骸うち重なり　道ゆくものこれを跨ぐ

砲声百雷　天地にとどろくも　城塞堅固にして
逃げ場なく　半裸のもの　瀕死のもの　首なきもの
路傍の至るところ　親子縁者抱き合うのみ

城内みな木造なれば　焔のるつぼ
焼け跡は　くすぶる灰と　腐臭のみ

城外に逃れしもの　行き斃れ道を塞ぐ

東門本部まえは　支那兵の捕虜次々に斬られ
首がさがるや　鮮血は髪にからんでかたまり
みな手足をピクつかせるも　苦痛はなさそう

西門城壁は　累々たる支那兵の屍の山
城内外の遺骸三千余　と新聞は報ず
尸《しかばね》うち重なり　道ゆくものこれを跨ぐ

皇軍の死者四十余　負傷者百余　彼我の
族殺　耐えがたくも　妻子のためにと
うち斃れし支那兵　野ざらしのまま
うち重なる屍を　明日もまた　跨ぐか

三百町歩

〈これからぁ朝鮮じゃ　朝鮮行って長者になれ――〉
父は三百町歩の大地主だったが　朝鮮のこたぁ
口んせなんだ――　わたしも卒寿　言うてもよかろう

大田《テジョン》の寒村はええ所《とこ》じゃった！
朝鮮人の小作ぅ何百人も雇うて――
七千石はあって　総督府《おかみ》ぃ仰山納めた

酒やマッカリも仰山造って差し入れた
わたしら三姉妹はコンペイ糖頬張って

毎日　着物を着がえ　琴を弾いた
「お嬢さんたちみな別嬪で羨ましい」って！

ところが戦争に負けた途端　早よう　帰れ　帰れ
残ってもええが　命の保証はでけん――　と言われ
取る物も取りあえず丸坊主んされて　水島に帰った
博多じゃ　四、五ヶ月の胎児が何百人も下ろされた

ミドリシャミセンガイ

支那海側では　栗石《ぐりいし》大のハマグリが　そこここにある
三八度線下の甕津《オウシン》*1の干満は大きく貝が潜るひまがない
少年は二、三十個魚籠《びく》に入れ　泥土のうえを引きまわす

溝鼠《どぶねず》色の曇天のもと　足を取られぬよう葦間をぬける
泥濘《ぬかるみ》の地平は　はるか仁川《インチョン》までひろがり　ハイガイ
マテガイ　ミドリシャミセンガイ*2も　途切れない

比類なき泥土の干潟にいく筋もの潮干川があらわれる
鉄砲エビを剝き　ちょろちょろ川に垂らすと幾らでも

鯥五郎《むつごろう》がかかる――　だがこんなヘドロが何時できた？

日暮れて帰ると　小娘三、四人今日も桜並木に消える
〈まだコドモじゃねえか――　お国？の為とはいえ〉
ハマグリのように拾われ　皇軍の車に押し込まれる

紅いろの鉄砲玉や黄いろの金平糖に小躍りしても
襟もとよりにじみでる女の匂いには　気づくまい
オモニたちも明日には北方の野獣たちに侵される

少年は蚊帳のなかでは　女子衆に扇いでもらって眠る
父が本土からの校長だから――　大戦が終り一週間たっても
女たちの悲鳴は止まず　男たちは丸腰にされ　汚泥の中に
つきたおされ　装甲車で　極北の地へと送られる

＊1　田村照視詩集『雲の嶺』竹林館、二〇一三・七・一一
＊2　この名は岡山県南西部での呼称。韓国名はモヤシガイ

キュウリのしる！

キュウリのしる！　キュウリのしる！
ゾル状の種でいい　うす皮でいい　蔕《へた》でもいい――
従姉の啜り泣きは　止まらない　途切れない――

椿油がいい　椰子《やし》油がいい
細かく擂《す》って　ガーゼで絞って――
種油がいい　綿油がいい！

キュウリの茎の一滴でいい
ヘチマの茎の一滴でいい

鯨油の鰭の一滴がいい
鮎のあごの焦げた皮膚はわたし
触ると鋳われるサンマの皮膚はわたし
滲む膿血をなぜ吸い出せなかった？

手をまえに出すと自ずと指が垂れ
体も　髪も　自ずとまえに垂れ
厠まで九センチずつにじり寄る

背筋を伸ばせば　少しは立てる
父はわたしの深奥の異変に気づいていたか
兄はわたしの白血球の異常に気づいていたか
なぜこうも表皮の痛みから抜けだせないのか

亀島

亀島山《かめじまやま》*1ぁ　朝鮮人にぁ　石割地獄じゃ
深夜十二時まで働かせ
朝七時にゃ憲兵が連れん来る
六、七人列ぅ作って現場まで歩かされる
巡査が二人いつも回っとる
ときどき憲兵が来てよう
仕事をせん言うて　現場監督が殴る
痛《いて》え！　言やあ　また殴る
黙っとりゃ　言わん　言うて殴る
一貫目もある靴で蹴りあげる

殴られだしたら三十回《けい》ぐれぇ殴られる

亀島は一万年まえ内海で甲羅を干していた
二十世はじめ東高梁川が廃川となり
亀島も陸《おか》上がりの河童にされた
住宅街と工場地帯のど真ん中
扇二本を逆さに広げた要にあたる
数本のだだっ広《ぴ》れえ直線道路が
連島《つらじま》　水島　福田村を貫く
京都さながら碁盤目状の
三キロ四方におよぶ区割り
その全区画に均一のバラックが並び
あちこちに朝鮮人が閉ざされる

中国から送って来たらしい
豆カスばっかり食わされる——

ブタやニワトリの餌にするやっちぁ
厚さ十センチ直径八十センチの丸《まり》い奴
配給のコムギ粉《か》ぁ　そのまま食べた
麦ゃぁ搗《ふ》む前《めえ》の麦で頬っぺたぁ刺した
天井向《み》いてロッドを叩くけん
わしゃぁコメもちょっぴり貰ろうた
しばしば手を殴った　慣れるのん二、三年かかる
配給係りがピンはねするけぇ
わしらん所《とけ》へは来《く》りゃせん
幽霊友《ちんぐ》だちを倍にして申告してもじゃ

高さ七、八十メートルの甲羅のみの亀島山
敗戦の色濃し　という一九四四年
この甲羅の下に　隧道《ずいどう》じゃ
開けー　ゴマ！　じゃ！
全長二キロ　七千平米におよぶ

三十六本もの坑道を掘らされる
四五年四月工作機械を入れ　部品を作る
本工場が　六月二二日空爆されるまで
百日余りで戦闘機五二二機も作った
台湾から八千四百人もの少年が本土へ来て
座間市の高座海軍工廠でも
戦闘機雷電一二八機　作ったそうな――

空爆された水島飛行機工場の巨大な鉄骨群が
十数年　割れたガラスを点々とぶら下げ
葦の荒地に錆びた肋《あばら》が仰向けじゃ
いまは三菱自工　三菱石油　川鉄だが
当時　この巨大工業地帯には昼夜を分かたず
バラックからわしら無数の羽蟻が飛んだ――
ダイナマイトは二人でやらされた
深夜まで裸足で土石をトロッコで通う

突然真砂土《まさつち》がビリビリッと来ても
柱も　板も　セメントもありゃせん
まっ暗闇ん中ぁ　「ソレ　逃ゲー」じゃ
腰の骨を挫《くじ》いて今でも骨がとび出とる
日本人は十人が十人みな悪《わり》い
人間の義理がうしい＊2
怪我ぁしても　薬ゃありゃせん
犬の糞とタニシと芹ぅ潰して貼って凌《しね》ぇだ
腹が苦《にが》って止まらんときゃ
鍋ん底の真っ黒ぇススぅ呑んだ

＊1　亀島山　倉敷市水島の大コンビナートのほぼ中央にある
＊2　うしい　薄いの備南の方言

小作から坑夫へ

わしら小作は　お上へ六分　食扶持《くいぶち》ぁ四分
日本が土地ぅ取り上げてからぁ食扶持三分じゃった
大田の大旦那ぁ鍛治屋抱え　鎌一丁ずつ配ったが
荒れ地ぅ刈って拓《ひれ》えても　これ以上コメゃぁ穫れん
四男のわしゃ　口減らしに兵隊に出された

東海《とうかい》*1を揺られ樺太に着くや何と五万も仲間がおる
朝鮮人じゃいうたら　暗《くれ》え地底の穴掘りじゃ
軍隊とは穴掘りか　言うたら
陛下に逆ろうた言うて　二、三十回なぐられる

飯炊き女と赤子を残し　三池に強制移送じゃ

妻子のため　天引き貯金じゃなく現金求めたら
不当な要求じゃ言われて　朝鮮へ強制送還じゃ
故郷に戻れた思うたら　撫順への中継じゃった
撫順も蟻地獄じゃ言うたら　亀島の穴掘りじゃ
樺太の妻子は七十年たっても　いまも分からん

＊1　東海　日本海の韓国名

異母弟真三

真三は　三畳の間に　まっ新《さら》の
簾《すだれ》を三つ折りにし　四六時中
プルシァンブルーの海をみる

三十ヶ月間微動だにせず　真三は
五島の怒濤と　女波《めなみ》と　闇の淵と
敷きつめた刃物のごとき凪を聴く

冷蔵庫には　卵六っこ　中身は
干からび　黄身も白身も殻と化す

ときに剣先烏賊《けんざきいか》を[*1]　針にかける

妻から届いた炊飯器のひもも
テープも　解かれることなし
見るものなどないTV《テレビ》も箱の中

小島のひとつから　無尽蔵の石炭が採れ
鉱夫たちの住まいは石炭の上に重ねられ
敗戦をむかえると　軍艦島とよばれた

真三は　日々備蓄の原油の粘り具合
アラブの油とアクワの濃度の下しらべ
山積みされた日々の潮位の記録の整備
だが朝夕の涼風こそ彼の魂の憩うところ

＊1　剣先烏賊は、五島列島の特産物

オヒシバ

老いてなお　無心に草をむしれない
百二十一年まえ台湾を没収し　イネを刈らせた
われらがけものみちのメヒシバに手をやいている

百年まえ隣国の沃土を併合し　コメ　ムギを
弾に変え　籾殻《もみがら》のごとく大陸にばら撒いたからには
老いてなお　無心に草をむしれない

百四年まえ牡丹江を南満鉄道の拠点とし綿花を作らせ
綿の種を抜いて軍服に変えたからには
われらが獣道《けものみち》のオヒシバ[*1]に手をやいている

百年まえ済物浦《チェムルポ》*2からソウルへ　釜山から大邱《テグ》へ
大連からハルビンへと　鉄道を敷かせ　いまも
その血を濁らせたままでは　無心に草をむしれない

八十数年まえ撫順にモロコシと大豆を植えさせ
油を絞り　絞り粕は肥料にと本土に送らせた
われらがけものみちのオヒシバに手をやいている

百年まえ済州《チェジュ》島にニンニク　油菜　桜を植えさせ
油と殺菌剤とサクラ花で士気を鼓舞したからには
老いてなお　無心に草をむしれない
われらがけものみちのオヒシバの根は吝《しわ》い*3

*1　オヒシバ　雄日芝、イネ科の夏の雑草、チカラグサ
*2　済物浦《チェムルポ》　現在の仁川《インチョン》、韓国のハブ空港
*3　吝《しわ》い　岡山南部の方言、しぶとい

二　夏日千秋

風の国

さわやかな五月の風こそ
われらが宇宙の霊泉なれば
さあ　戻るがいい　ブナたちよ
卯の花月こそおまえのふるさと
清々しい空のもと
さあ　戻るがいい

〈おお　五月の国里に帰りたい
穏やかな風にたゆたっていたい
肌を焦がした熱風の国から
極寒のシバれる極北の国から

一刻もはやく戻りたい
戻るがいい　と言われるならば！〉

石となり　巌となって
厳冬を耐えぬいたブナたちよ
さあ　戻るがいい
この稀なる涌泉《ゆうせん》にひたり
花ひらき　実をむすぶがいい
卯月こそとこしえの安らぎなれば

〈遮二無二燃えて煮えたぎる夏の日よ
おまえの揺らぎひとつで厳冬にかわる
有為転変の風の国
ゆるされるならば帰りたい
東風《こち》のそよぐ東の間の
うたかたの風の国よ〉

縄文のメッカ

お釈迦さま　イエスさまが　人間とは何ぞやと
二千数百年まえ　考えに考えぬき
その数千年まえ　高梁川[*1]西岸河口　わが生地
倉敷市里木《さとぎ》では　気楽に生きる術を身につけ

シジミ　牡蠣《かき》　ヘナタリ　アサリをひろい
黒鯛　鱸《すずき》　河豚《ふぐ》　鰻《うなぎ》　太刀魚《たちうお》を針にかけ
対岸の讃岐産サヌカイトの石匙《せきひ》で魚肉を捌《さば》き
栗　胡桃《くるみ》　団栗《どんぐり》をひろい　猪　鹿　兎を追い

温暖な内海の風土になじんで　悠然とくらし
死に臨んでは体をのばし　石を抱いて葬られた——
土器の幾つかは「里木Ｉ式」などの標式となり
縄文前期中期の「里木貝塚」こそ縄文のメッカ

二〇一二年ＪＸ日鉱日石水島製油所が　高梁川の沖合に
第二隧道を掘っていて　最新鋭の削岩機と輪っかの
隙間から水がはいり　作業員五名が死亡　削岩機と
輪っかはいまも海の底——　数千年の沖積層を調べたか？

五名を呑んだ水流は上《かみ》水島下《しも》水島を経て岡山最西端の
大飛島《おおひしま》小飛島《こびしま》にたどり着くや　干潮時には再び東進——
二島間に現れる砂州こそ　内海を東西に分ける分水嶺
モーゼがエジプトを脱して渡った紅海も砂州だったか

敗戦末期飛行機工場を守る高射砲が里木に据えられ

いっとき　伝染病患者を隔離する小屋がならんだ
伝染病も大砲も怖くて　その前は鼻を抓《つま》んで走ったが
古代の霊はマスカットに囲まれ　エジプトの香りを懐かしむ

源平の戦の折　功を漁った源の将佐々木盛綱は藤戸の漁夫に
「この海を馬にて渡すべき所やある」と尋ね　児島の浅瀬を
教わるや　漁夫を海に切り捨てる――　漁夫の母は痛恨のあまり
浜にちかい丘の笹をすべてむしるや　人呼んで笹無山という

堤防のなかった縄文期　旧児島湾は東西六十キロあまり
吉井川　旭川　高梁川のすべてを飲みこむ地中海――
数千年の時をへて　三大河川下流域に沃土がつもり
豊葦原中国《とよあしはらのなかつくに》は備中総社に　巨大な墳墓が現われる

＊1　高梁川は岡山県の三大河川のひとつ

夏日千秋

朱夏烈日　一日とておなじ夏日なし
真夏日こそ千秋の煌めきを秘めて事もなし
幾千もの草木は千万の彩りを解きはなつ

うす黄緑　黄緑　こい緑へと瞬時にかわる若い夏
百万度のコロナの夕日に染まる麦の秋
朱夏烈日　一日とておなじ夏日なし

モモ　スモモ　苺　木苺　甘夏《あまなつ》　紅甘夏
千もの香りを滲ませる仲の夏

幾千もの草木は数万の香りを解きはなつ

日輪は　億兆の粒子反粒子を放って曇りなし
秒速二四〇キロ　億年をかけ一巡するも障りなし
九夏三伏　一日とておなじ夏日なし

劇変　暴発　消滅なき天の道なし
宇宙どうし引き合わない宇宙なし
千万の星々が億万の風をよばない星雲なし

セシウム　ラジウム　インジウムを感知しない草木なし
微粒子クォークを触知できない稲　麦　モロコシなし
朱夏烈日　一日とておなじ夏日なし
幾千もの草木は千万の彩りを解きはなつ

カリブのかぜ

カフィーいろの小麦のオーラにとっぷりひたり
日がな一日　小麦を手ぐりよせ　鎌を入れる麦の秋
シャワーを浴びると小麦の匂いがじんわりにじむ

ギンギラギンの防鳥テープは　カカシのリボン
カカシの帽子は　天風を受けて大きくゆれる
カフィーいろの小麦のオーラにとっぷりひたり

パナマ帽は風雨に晒され　コムギいろにはんなり染まり
爺の白髪も　あれよあれよと茶髪に染まり

シャワーを浴びると小麦の匂いがじんわりにじむ

パナマ帽が北に傾ぐと　はるかカリブの風をよび
爺のかいなも　背骨も　指先までもじんわりと
カフィーいろの小麦のオーラにとっぷりひたる

焦げ茶に熟したナンブコムギの穂先をとばし
電動臼で砕《はた》いた全粒粉を　生種《なまだね》でふくらませ
シャワーを浴びるとパンの匂いがじんわりにじむ

麦秋の鮮碧のもと　すくと立つ黒褐色の麦の穂波
カカシとなって立ちすくむ爺の骨は髄の髄まで
カフィーいろの小麦のオーラにとっぷりひたり
シャワーを浴びると小麦の匂いがじんわりにじむ

飛天のころも

三枚重ねの春疾風《はるはやて》の　ながかった旅
クルミの峠で　されされ　ひと休み
されされ　あとひと飛びで　水島灘の夕凪だ

辻かぜは　黄砂にまみれ　煤煙にまみれ
その身を軽くしようと　紐をとく
塵芥　微粒子PM2・5も　払いたい

ヤマモモ　ヤマナシ　アズキナシ
アオイ　アカシア　亜麻のはな

花々の香りのみやげ　召しあがれ
二百二十日の激雨をかわし
瓢風は　淡いコートに衣がえ
クルミたちに栗毛のベスト着せなくちゃ

狂風　全土に荒れくるい　ずたずたの
飛《ひ》天《で》*1のころも——　木端微塵のヤマブドウ
され　クルミの峠で一服しよう

二号線のタイヤの臭い　枯れ草の臭い
排ガスの臭い　ゴビの廃墟の黄土の臭い
肌着も袷《あわせ》もみな擦りきれ　ほころびた
され　あとひと飛びで　瀬戸内のさざ波だ

*1　飛天は祖母の俗名でもある

飛島の海割れ

大飛島《おおひしま》　小飛島《こびしま》が　岡山最西端をたゆたい
機あらば　八重波けって飛び発ちたい　と
日蝕の日など　島影に琥珀の砂州をうかがう

日の目を見たいと待ちに待った海割れだ——
砂嘴《さし》の東の上波《うわなみ》は東《ひがし》に　西の塩花《しおばな》は西に引く
島人はこの時ぞと　蛤　浅蜊　鬼浅蜊をあさる

飛島のさらに南に　六島《むしま》なる小島がある
五つは飛び発ったの？　と問えば「跡形なくね

見る方位により　六《ろく》の字に見えるのよ」

荒涼たる大西洋に緑のビロードの岬がそそり
ふもとにはベルリンブルーの小さな港
詩人ハーディ[*1]を終生魅了したこよなき群青

高梁川西岸河口こそ　わが生地倉敷市里木《さとぎ》貝塚
入江より小さな浦が　広大な汽水域浅口《あさくち》となり
巨大なデルタとなり　豊かな水をたたえつつ

やがて三菱飛行機工場となり　三菱自動車工場となり
JX日鉱日石エネルギーに変わるや　二〇一四年
JXが高梁川河口に第二隧道を建設中　削岩機と
輪っかの隙間に水がはいり　作業員五名いまも行方不明

＊1　トマス・ハーディ（一八四〇～一九二八）イギリスの大詩人、大小説家

わいん・ぱーてぃ

あわい若葉が五月の涼風にそよぐ
四十九年まえに植えた　いちょう九重《ここのえ》は
わがもの顔に誰も寄せつけない

ぶどう園のただなかの　いちょう九重は大きすぎる
棚にはマコン・ヴィラージュ　キュヴェ・ルージュ
その側らで詩人たち二十数名思い思いの詩を口遊《くちずさ》む

キジ　野ガモ　野ウサギたちが　棚の外れをはしる
シャトー・レスタージュ　ピノ・グリージョを抜き

詩人たちはベージュのグラスにお好みの色を添える

かれらの想いは　木漏れ日の移ろう棚をただよい
キリンラガー　アサヒ生　コークのビンたちと歌い
キジ　野ガモ　野ウサギたちは　備長炭に炙られる

何事だろうと　目聡い近所の婆やたちがやってくる
詩の朗読などどこ吹く風と　バーベキューをあさり
〈玉ネギなら家《うち》ーあるけー　持ってきてあげらー〉

大銀杏の下に詩人たちが集うことはもはやなかろう
褐色のぶどうの幹も枝葉も　主とともにやがて消え
涼風は寒風にかわり病葉も詠み手たちもすぐに散り
細やかなリズムを刻むのは　いまや大いちょうのみ

日輪に背を押され

霜のまえにコムギを蒔こうと　四二度の日輪のもと
三日月状に草刈機を振るや　畝は曲がり体はうたう*1
日輪曰く　〈じゃ　晩生《おくて》のスモモを暗紫色に――〉

うす紫の大豆の小花をしたためながら　七日まえに
刈った草が七センチも伸び　耕耘機が食いこまない
四二度の日輪のもと　霜のまえに小麦を蒔こうにも

麗江の麦は熟し　穂先が折れて刈りにくかろう
玉竜雪山を背に氂牛坪《もうぎゅうびょう》*2は　雪解け水で納帕《なぱ》の海
〈じゃ　マスカットはうす黄緑に　乍那《ちゃーなー》はうす紫に〉

イネが穂孕むや　両隣はたっぷり灌水　わが乾田も
たっぷり冠水　耕耘機はにえ込みいんぎょうちんぎょう*3
このザブ田では　ムギ蒔きに間に合うだろうか――

ウェールズは　小麦　ライ麦　ビール麦のパッチワーク
その穫り入れを七日十日と眺めていても飽きはしない
〈じゃ　ライ麦パンにチェダーを載せ　黒ビールでも〉

きょうも　きのうも　あさは五時半　夕べも五時半
狂気の草刈機をふり回し　死にもの狂いの耕耘機
四二度の日輪のもと　霜のまえに小麦を蒔こうにも――
〈じゃ　臭いはともかくギンナンの実をうす黄緑に〉

*1　うたう　岡山県南の方言、緩む、いたむ、ダウンする
*2　犛牛坪　長江上流金沙江下流の標高三千六百メートルの草原
*3　いんぎょうちんぎょう　岡山県南の方言、右往左往

ナンブコムギをまく

六十年まえの記憶の襞に　ナンブコムギをまく
思惟の溝を掘りさげると　酸性土壌の水がわく
死滅間近の億万の細胞よ　ムギの青さを取りもどせ

世の用水路は　わが水田の湧水より高い
瞑想の溝の水位を下げ　省察の畝を高くしよう
いざ　ナンブコムギたち　さらに青い株を張れ

清盛の領した備中は　六条院四条原地区
亜麻いろの葦と　稲株のみの数十町歩よ

わが里田　緑青を誇る千列ものコムギとなれ
霜柱に根こぎにされつつ　さらに深く下降せよ
寒風が容赦なく葉脈をなぶる二月半ば
ふかく耕し　北側の土寄せを高めにしよう

彼岸を過ぎると　長日性のコムギたちは
蓄えつづけた青い色素を解きはなち
穂孕みはじめた茎たちをうす黄緑に染めあげる

二億年にわたり一倍体《アインコルン》の染色体をしかとつたえ
一万年まえの二倍体へと進化したか
億年の青の記憶を増幅せんと花簪《はなかんざし》を翳《かざ》し
億万の実を褐色に傾げてそよぐ　コムギたち

ガッチャンポンプ

突いて突いて　六万回突きぬいて
モモとスモモの一隅に井戸を掘る
しかし百回突いても一センチ下がり
ひと握りのうす青い砂と砂利のみ

半日突くと膝がわらい
足も腰もボロボロに萎え
鉄棒で突くと腕がぬけ
三日三晩　床にふす

掛矢で打つと柏の添え木も木端微塵
筒穴におち　おお　万事休す！　と
身も心もすり潰し　それでも
二、三が六ヵ月打ちとおす

一万数千年まえ大陸と続いていたころ
韓国は太白《テベク》山脈の水脈と同じ水が
この奥の原の水脈に密かにつながり
その水系にたどり着けないかと

塩ビニ管ＵＶ一二五を外枠に
掘削器をつけた六メートルの
ＶＰ二〇の棹をふりまわしては
突いて突いて　六万回突きぬいて

砂岩の層を三たびくぐるや

地下六メートルは大陸の地底から
うすあおい白磁色の水がわく
崑崙《こんろん》　雲南　韓国を潜ったアジアの水だ

アウストラロピテクスの脳の髄《なずき》だ
シナントロプスペキネンシスの骨の髄だ
だが真夏日は　ガッチャン　ガッチャン　音ばかり
ガッチャン　ガッチャン　音ばかり

沙羅のハナ

「おーぃ　閤《ごう》くん　ドンドへ泳ぎん行こぅ」
高梁川《たかはし》は右岸河口　喧嘩仲間の剣くんが誘う
「おっしゃ　行こう」　閤くんは土手をこえ

足うらを焦がす砂州を　ネコ足でよぎり
やにわに群青の深みに向かって　飛びこむや
その暗緑に憑《つ》かれ　二度と浮いてはこなかった

かれは鮮碧の淵に　いったいなにを見た？
まっ青なキュウリ畑　黄ウリ畑　網目模様の

スイカ畑　今はビッグなショッピングモール
晩生《おくて》の甘ずっぱい　ふか紫の熟した　スモモ
蜜のしたたる白桃　清水白桃　いまは　白麗
果樹園の入口に　枝垂《しだ》れる　ノウゼンカズラ

その橙《だいだい》の花綱が　母の里の裏庭をふちどり
ハナカズラ　ハラン　フキ　ホウズキを覆い
沙羅の花弁が銀鼠の水面に　はらはらと舞い

群れ返る鱸《すずき》の鱗に呼応するや　かれは
川面いちめん　沙羅のハナがきらめき
ドンドが一時淀むと　青翠《せいすい》がさらに冴え
妖しくたわむ母の花園を　垣間見たか

三　三春の夕べ

シベリアとゴマ

ヒューンと首すじを弾がかする
右手の同朋がソ連兵の銃撃をあび
凍土と化して蠟人形になる
左手の仲間たち数十名は
幼児のようにへなへなと頽《くずお》れる

銃弾が頭巾をとばす
瞬時に伏せると　左右の仲間が
わっしの背中に幾重にも斃れる
細目を開けると血生臭い臓腑が

頰にべったりじゃ　これがシベリアか
と　思う意識は　まだある

溝鼠《どぶねず》の死体の群れのなかでゴマの蠅になる
覚めよ　意識よ　生きるのだ！
凍てつく氷原の一瞬の生のすき間――
おお　わが内海《ないかい》の南浦《なんぽ》の浜よ
黒ゴマのうす紫の花弁の撓《たわ》む夏の日よ

六月一日《ついたち》に蒔いた茶ゴマは
梅雨が明けると
釣鐘状の花房からミルクがしたたる
濃緑の枝葉の青虫将軍を尻目に
登れ　ゴマの木！　ひと節でも高く！
ハナさきハナちる今宵はチョウだ！

〈百歳おめでとう　今まで何が一番辛かった？〉

「そりゃぁ虜囚じゃ　シベリアじゃ」

〈一番愉しかったことは？〉

「引き揚げて　金光《こんこう》駅より歩《あり》いて
南浦の峠に立ったときじゃ！」

耳のとおい爺やは　茶ゴマを植えて七十年
寝たきりの口汚ない連れ合いを看取り
いまも青虫　黒虫　ゴマ斑《ふ》の虫を捻りつぶす
〈ごまかされるか　虫けらども！
北満の中国人に護摩の灰を摑ました俺だ

唐ゴマ　犬ゴマ　胡麻《うごま》の区別がつかんで　どねんする
青紫蘇に似た荏《え》ゴマは背丈にもなるが旨《うも》うねえ
黒ゴマはぁ美味しんかのう　一番に丸坊主じゃ——〉
ゴマ塩頭の爺やは　きょうもゴマを刈り

ゴマ殻を打ち　ゴマを擂《す》る

開けー　ゴマ！

開けー　ゴマ！　Open Sesame!《オープンセサミ》
ぎらつく焔を　花弁に変えよ
ゴマの蜜がみなの舌を刺激しよう

熱砂が根方を侵し　実が入らぬ間にゴマは萎える
亜麻いろの赤い砂を飴いろの実に変えよ
Open Sesame!　開けー　ゴマ！

細小井《いさい》は底をつき　釣瓶はカラコロ
願わくば青虫たちよ　花の芯まで侵さぬよう

さすればゴマの蜜がみなの味覚を刺激しよう

金砂の紋を聞き　乱り風を見つめ
長老は命を賭して呪文をとなえる
開けー　ゴマ！　Open Sesame!

オアシス東北東百メートルの椰子の元を掘れ
砂丘が夜更けて夜露を集めるところ
されば清水がゴマのハナを蜜に変えよう

七十メートルの深井を掘り井桁を築け
椰子とユーカリで　流砂をせき止めよ
されば胡麻の蜜がみなの渇きを鎮めよう
Open Sesame!　開けー　ゴマ！

ペカンを植える

ペカンを植える
柚《ゆず》同様十三年実をつけないペカンを植える
殻はつけてもすかんぴんかもしれないペカン
あと六年しか生きられなくてもペカンを植える
おまえこそ木の実のなかの木の実なれば――と
ペカンを植える

ペカンを植える
長江は玉竜雪山山麓の
三百三十度曲がった大曲りを望みながら

この情趣にとむ木の実を食し
この実ならばあの世でも食したい　と
ペカンを植える

「やっちもねぇ　止めときな」
熱風がささやく
ポットに埋めた実が三十センチのび
直根がポットの底で蜷局《とぐろ》をまく
ペカンの苗木三十三本
ミシシッピー原産のペカンを植える

二〇一一年八月十三日朱夏のま盛り
盛り土の雌日芝《メヒシバ》をむしり
蜷局の輪っかをのばして埋める
樫の木の青い葉こそおまえの息吹――
わたしがどこに旅立とうとも　ペカンよ

この六条院でいつまでも生きよ

さあ　緑水をそそぎ　稲わらを敷いてやるよ
皁《ドングリ》より大き目の胡桃《クルミ》の仲間ペカンたち!
長めのシュレー　丸めのサクセス
尖ったカーチス　交配に勝れたマネーメーカー
油照りに耐えよ　湿潤なペカンたち
刻々主根を地中に下ろせ

日が傾けば　さあ　一水を受けよ　と
ペカンを植える
三十年後三十メートルの木立となり
竜王山山麓の一角を
竜となってそよぐがいい
芳醇な木の実をふりまいて

沢グルミ

沢グルミ[*1]にハナ芽がついた！　五年目の初夏
ピザの生地《きじ》にピンクの乳豆《ちまめ》のトッピミング！
そら　ナタ豆大にふくらんだ河胡桃《かわぐるみ》！

四　五粒ずつ　団子になった青梅たち——
この手で植えた信濃胡桃　是非にも食べたい
それが叶えば賢治の立った溶岩流に立ってもいい

そう祈った山グルミの実が　秋口には
褐色になり　わが口を潤おしてくれるか！

木の実のなかの木の実たる　生胡桃よ
イネよりまえに　どのように芽生えたろう
スラウェシの灼熱にたえ　斉斉哈爾《チチハル》の極寒にたえ
どのようにレバノンの億年の命に与《くみ》したろう

一果ごと　圧縮され　屈曲された　鬼グルミ
一果ごと　ひとの脳裡に酷似した　姫グルミ
白石島《しらいしじま》＊2の花崗岩よりずっと堅い　野グルミよ

寒暖の極に耐えに耐え　耐えぬいて
雌雄に裂かれ　優劣を競いあう
地上初の　クルミの雌しべよ
地上初の　クルミの雄しべよ

＊1　国内だけで五〇種以上あり、それ以上の呼称がある
＊2　岡山県笠岡市沖の巨大な花崗岩で有名な島

バスルーム　三題

透明なガラス張りのツインルーム
洗面台　バス　トイレ　みなシースルー
二〇〇七年　雲南はシャングリラ
ルームメイトは中国通の渋谷の男
かれはいつもマッサージをとるものだから
小生はカーテンを降ろしてバスに浸かる

三十九年まえ　パリはモンマルトル
カルチェ・ラタンの木賃宿で雨露をしのぐ
梁　柱　カウンター　腰板　もちろん椅子まで

すべて樫の木　その木と木が奇異に軋む
築三〇〇年の場末の旅籠——
ディナー後の古酒のコクの喉越しの良さ——

二階の寝室は摂氏二度　シャワーの飛沫はまさに冷水
チョロチョロ滴るビデの音まで凍てついて
鉄製のヒーターはあるが鉄の冷たさ
毛布の綿毛はすっかり擦りきれ金網同然
厚手のソックス　手袋　頭巾までかぶり
コートを載せるが　心の臓まで震えがやまない

二〇一二年　花冷えがつづく
早めに風呂を洗いコックをひねると
けたたましいお湯の音——
そろそろ湯船もあふれるころと
素っ裸で駆けこむや

からっきしお湯がない

栓をしてないのだ！
だがとってかえすと風邪をひく
今夜は風呂の蓋をすっぽりかぶり
小イスに腰をのせ
手足をのばしてイナバウアー
熱湯しぶくサウナ地獄のユデダコだ

スモモ〈貴陽〉

開け！　八十葉よ　モモたちよ
桃李の精よ　杏のハナよ！
桃栗三年柿八年　柚子の大バカ十三年
モモとスモモこそ爺やの至宝！
しかし待ちに待った四月の天気は狂いっぱなし
この世はいずこも四月馬鹿《エイプリルフール》
晩生スモモ〈貴陽〉が散って
交配種〈コチェコ〉がやっと開く！

ロミオとジュエルはいつでもどこでもすれ違い

桃李の園丁　喜寿をこえたボケ爺や
あきれはて　諦めきって顎をだす
〈じゃ　晩生《おくて》のスモモを暗紫色に――〉
〈貴陽〉の母たる〈太陽〉は
青葉のかげにうす青い実を隠しもち
炎天の八月　冬瓜《とうがん》のごとき白粉をふき
深紅の至宝十数個　爺やにめぐむ

雲南はシャングリラ　ふか紫のスモモの大玉
だがタンニンがきつく苦すぎる！
その苦みをわが〈太陽〉は甘美な醍醐味に変え
辛酸を舐めた爺やをにんまりさせる！
鮮やかな紫の枝葉を年中装う早生コチェコ
その道半世紀の爺やを哀れと思ったか
白粉をふいた数百の紅玉――　あれは幻だったか
われ先にと咲きほこった〈貴陽〉は梨の礫《つぶて》だったとは

心筋は蠢きおどる

生きとし生けるものみな心筋[*1]はしかと蠢き
血をおくる――　惚けて伏せると縦《ほしいまま》には
ならずともいざ立たんと意気ごめば激しく奮起する

婆やの指はみな曲がり　おへそはねじれ
坐骨　恥骨みなこわばれど　しゃべりまくり
心筋はしかと蠢き　血をおくる

夜明けとともに四つん這いで歩くよりも
遥かかなたを見遥かさんとチンパンジーはあと足で

いざ立たんと意気ごめば　激しく奮起する

極寒の氷の壁をかいくぐり
息絶え絶えに生きながらえるモンゴロイド
心筋が意気ごめば　激しく奮起する

磐に花咲くヒスイの玉をと　われをわすれ
タクラマカンの砂の海に埋もれても
心筋はしかと蠢き　血をおくる

億年をかけ　海は砂州へと　はいあがる
アカガニ　アザラシ　アコヤガイたち　渚にせまり
心筋はしかと蠢き　血をおくり
いざ立たんと意気ごめば　激しく奮起する

＊1　心筋は、心臓の壁を構成する不随意筋、脳より送られる神経の刺激にあずかる随意筋などからなる

眼やら　耳やら

耳鼻科の先生　お箸を受けとる仕草をすると
看護師はすかさずその手に綿棒をのせる
綿棒はすでに先生の指先でくるくる回り

膿《うみ》のしたたるぼくの中耳に突き立てる
湯気こそ出ないが　ジュジュジュー　ジュー
ヤだ！　ヤだ！　針千本だ！　と思う間もなく

やんちゃ坊主なら　ヤだヤだ　と泣いて喚《わめ》いて
暴れて見せるが　八十路ともなれば　我慢　我慢！

豪胆な女医さん　ヤイ！　と刺して　ポイとすてる――
また突き立てた矢を　ポイとすてる
寸分の狂いなく矢を放つロボット先生！
さっと矢を抜きポイとすて〈ネブラーゼ〉

しばらくすると目がかすむ
緑内障　逆睫毛のためならば
わがパンドラの箱　闇雲に弄《まさぐ》れば　目薬なんぞ

すぐに見つかり　ポトリと注してはポイとすてる
ところが何やらニチャニチャ　ヒシャヒシャ
瞼がどうも開きにくい――　これは白亜の修正液だ！
修正どころか　すぐオペだ――　脳の奥の味噌までも

紅玉

その方《かた》は　わたしたちが生まれるたびに
億兆分の一　異なった紅の玉をくださる
その緒の元締めは　その方の手中にあり

他の緒の一端はわたしたちの手中にある
あるものは　丹精こめて紅の玉をみがき
あるいは傘《かさ》歯車　平歯車　山歯車にかえ

時速二百二十八キロ走るクルマをつくり
超音速の探査機や無人飛行機をつくる

ある者は釣瓶半杯の水をくむのも億劫で

玉は浄化槽の底にしずみ　あるいは納屋の
釘箱の油じみた埃にまみれて瑕だらけ——
今度は息子が余を払い　隣人をも寄せつけない

年がら年中　電気毛布二枚の間に十九年
爺は介護保険の冷たい弁当　昼と夜に分け
隣人とのおしゃべり　お見舞いも　禁じられ

三十三年寝太郎暮らしを　きょうも続ける
「あー　シベリアぐらしが　まだましだった
ビルマの密林で　木端微塵に散るべきだった
あー　あの方　もっと転寝《うたたね》すべきだったか」

三春の夕べ

爺《じい》と婆《ばあ》が耕した五十年――　この瀬戸内の地を二度と
起こすことはないだろう　ふたりはともに卒寿を
迎えたからには　春田を焼くことなど二度となかろう

どこまでも冴えわたった三春《みはる》の夕べ　内海《ないかい》の凪――
東雲の群青に引かれていると　婆やが居ない
銀白の煙の渦が　そっと婆やを隠したか

縹《はなだ》の煙が一瞬婆やをかっ攫ったか　と思いきや
婆やは　くすんだ臙脂のエプロンをなびかせ

葦の燃えさしを集めては　炎の帯に焼《く》べている
爺やは山吹色の炎の西で　葛《くず》の燃えさしをかき集め
琥珀の炎に焼べていると　炎《ほむら》は東西の恐竜となり
焼け焦げた原野が　爺と婆の間に見る見るひろがる

この五十年――　アサヒ　アケボノ　コシヒカリの穂先を
垂らし　アイルランドのライムギの穂先が　天頂を突き
蓮を植え　クワイを植え　大豆　小豆　南部小麦を植え

清盛の時代から　半年たりとも休む暇なく耕しつづけた
こよなき大地を　爺と婆は　この日を限りに放棄する
それなのになぜ平然と　枯れ野を青鼠に染めあげては
漆黒と化した焼け野原を　潔く喜べというのか

あとがき

小著は、『岡隆夫全詩集』（２０１２年刊）以降に書かれた拙篇からなり、詩集としては21冊目となる。世の方々はほとんどが詩型など存在しないかのごとく自由に書かれているが、繰り返しが好きな筆者にはどうしても何らかの詩型に魅かれることが多く、それが今回は筆者にとってヴィネラルという西洋十八、九世紀の定型詩であった。小著13頁の注釈にその骨格の一端が書かれている。付言すれば、ひとつのテーマをふたつの強力なイメージで補強する、といった構造を秘めている、と言えるかもしれない。

この度も砂子屋書房　田村雅之氏のご好意とご指導をいただくことになった。深甚の謝意を表したい。

岡　隆夫

著者紹介

岡　隆夫（おか・たかお）

一九三八年、岡山県生まれ。

日本現代詩人会、日本詩人クラブ、中四国詩人会、岡山県詩人協会等会員。

どぅるかまら同人、代表作『岡隆夫全詩集』二〇一二、拙著は二一冊目。

現住所　〒七一九―〇二五四　岡山県浅口市鴨方町六条院東一〇五九

詩集　馬ぁ出せぃ

二〇一六年七月一五日初版発行

著　者　岡　隆夫
発行者　田村雅之
発行所　砂子屋書房
東京都千代田区内神田三―四―七（〒一〇一―〇〇四七）
電話〇三―三二五六―四七〇八　振替〇〇一三〇―二―九七六三一
URL http://www.sunagoya.com

組　版　はあどわあく
印　刷　長野印刷商工株式会社
製　本　渋谷文泉閣